KB260674

빛이 쌓이는 포구

리형 시집

한누리미디어

국립중앙도서관 출판시도서목록(CIP)

빛이 쌓이는 포구 : 리형 시집 / 지은이 : 리형. -- 서울 : 한누리미
디어, 2012
    p. ;   cm

ISBN 978-89-7969-433-8 03810 : ₩8000

한국 현대시[韓國 現代詩]

811.7-KDC5
895.715-DDC21   CIP2012004795

시인의 말

삶의 결(結)처럼

삶은 깅물이나
흐르는 세월 위에 삶을 쓰는 것
바다에 잘 이를 수 있도록
밥만으로는 부족한 건강을 위해 계속 운동을 마라톤을 한다
어차피 바다까지, 보이고 듣는 대로면 그만이지만
그러나 무엇을 보고 들을 것인가
세상의 벌거벗은 모습을 가끔 보고 싶어서
바깥 소리와 빛에 중독이 되어 있는 양심에게 반응하기 위해
나는 가끔 나를 씻는 세례식을 마련한다
꾸준한 헌혈과 봉사를 통해, 사진을 찍고 노래하면서
또 가족과 이웃들, 먼 아프리카 아이들을 위해 기도하면서
주어진 삶을 한껏 사랑한다

비바람이 강물을 건드릴 때마다
물결은 무늬가 되는 삶
그것에 나의 시가 깃들기를…

2012년 10월

리박家에서 리형(본명 이재형)

차례 Contents

1부 _ 빛의 소리

2부_ 나 그대와

4부_ 똥섬에서

1부
빛의 소리

망월사

청량산 가슴에 포옥 안겨
손끝 아닌 달을 보려
생각에 빠져 있다

풍경(風磬) 소리 따라
몸뚱이를 한껏 부풀린 오월의 신록
번뇌의 불꽃을 활활 태우는 철쭉

가파른 길 굽이돌아 망월사에 오르면
땀 젖은 옷깃 두 손이 모아진다

탑돌이를 일삼는 담쟁이들도
대웅전 새어 나오는 기도소리에
귀를 세우고
나지막이 기어간다

세상 길 끊긴 한낮
가람 뜨락에 차오르는 햇빛

복사꽃

고요만 밝히는
대웅전 뜨락에
어느 보살이
어느 해에 숨겨둔 고백서를
이제야 펼치는가

절집 모두 기도에 들었는데
천 날의 기도
천 날의 천 배(拜)도
오직 바싹 타오를 뿐인가

저녁 해는 설핏
눈시울을 적시며
그리움 한 장을 다독거린다
서늘한 밤기운으로
목마른 하루를 쓰다듬는다

어떤 목숨

봉은사 판전 앞
짙푸른 나무들 사이
까맣게 죽은 나무 등걸에
버섯들이 올망졸망 붙어 있다

죽지 못하는 목숨
기대고 있는 것들
가볍게 여기지 못하고
여전히 품고 있다

뒤 돌아 보고
또 돌아 본다
천지를 모르고 솟는 푸른 나무 속
죽어서도 살아있는 나무가 있다

돌탑

누구의 기도는
만인 속에서 외치지 않고
깊은 산 속에서 시작되었다
돌멩이 하나에 담은
조그만 기도가 모여
나무처럼 키가 자랐다

발길에 채이는 돌 앞에
무릎 꿇고 기도하니
숨쉬는 돌이 되고
손 모으는 돌탑이 되었다
한 사람의 비싼 보석이 아니라
민인의 숨결이 되었다

소래포구

무작정 기다리지 않고
어디론가 떠나고 없는 바다
어시장에 쏟아놓고 간
그녀 가을이 물통 속에서
소용돌이 친다
광어의 납작한 슬픔과
뱀장어의 긴 그리움이 함께
뒹굴며 비린내를 토해낸다
모든 걸 놓고 간 바다
그녀를 잠시 잊고
사람들은 두셋 또는 너댓씩
환한 햇볕을 두르고 앉아
한동안 바다를 씹었다
야금야금 그녀 속살을 먹었다

몽돌

그곳에 모여
그들은
물을 따라
고요히 흘렀다

자신을 깎아내고
서로가 부딪혀
작아지고
동글둥글해지며
잠잠히 머물렀다

그들에게선
작은 물새 울음이 들린다.
먼 바람 소리가 들린다

3월의 눈꽃 · 1

3월 눈꽃이
거기서 느닷없이
머뭇거리고 있었다.
왜 서두르지 않았을까
봄의 어깨 위로
끝없이 미끄러지며
눈꽃이 자욱이 떨어지고

점점이
절집도 안개 속에 묻히는데

내려가는 길에
아무도 없었다.
찍힌 듯 지워지고
보이다가 사라지는
그 겨울 발자국뿐

남한산성에서 · 1

이 울울창창한 숲을
오르는 자는 본다
역사는
한 자리에 머물지 않는다는 것
통한의 눈물로 키운
소나무들 하늘을 들어 올리고
성벽 아래로
쑥쑥 키가 자란 빌딩들
산성을 돌아
내려가는 자는 본다
그 누구도 영원히 이길 수도
또 영원히 지는 것도 아님을

다만 이 순긴 살아 있고
이 길을 걷고
하찮은 생각을 하는 것
살아있음으로
더 없이 소중하다는 것

2월의 눈

소나무 언덕에
눈이
꽃잎처럼 내리고
소나무 사이 잡목들이
지난 가을을 떨어내지 못하고
추위에 발목 잡혀 있다

어디선가
얼었던 강물이 녹고
강 건너
꽃망울 터지는 소리도 들리건만

비둘기 떼는
종일 먹는 일에 열중하고
끼어든 까치 한 마리
새 소식을 물고만 있다

3월의 눈꽃 · 2

저 산 아래까지
걸어 내려간 겨울이
느닷없이 절집 마당까지 돌아와
다시 볼 수 없을
그 얼굴 잠깐
하늘에 걸어둘 셈인가

3월은 막 꽃눈 뜨려는데
끝이 될지도 몰라
이 산 저 산 먼저 터 잡아
활활 안개꽃으로 피어난다
피면서 우수수 지는 꽃 이파리
하얀 눈물은 골짝에 자욱하다

개망초가 있는 언덕

하얀 빛은
바람이 부는 곳으로 넘어졌다
일어설 때
발밑에 숨긴 어둠을 보여주었다
빛과 어둠이 번갈아 나타났다
햇빛 아래서 웃고 있는 얼굴이
달빛 아래서는 눈물 맺혀 있었다
봄부터 가을까지
하얀 빛은 넘어지고 일어서더니
언덕에서
하루아침에 어디로 갔나
아는 이가 없었다
바람은 더 세차게 불어와도
아무도 보이지 않았다
이제는

한강

반이 낫보디
더 살지고 환해지면서
강은 아예 잠을 버렸다
불기둥 밝은 눈이 내시경처럼
살 속을 파고들면서
속내를 말짱 들추고 만다
어둠 속에서
심장 깊이 손을 넣으면
말랑거리며 찰랑거리며 만져지는
그리움이
잡힐 듯 말 듯 간장 졸이던
사랑이 숨을 곳을 잃었다

빛의 소리 · 1

빛은
나가면서 몸 닿는 것들을 일으켜 세우고
세상 모든 존재는 빛과 손잡는다
빛은
외형을 이루고도
뼛속에 스미어 골수까지 이른다
빛은
똑바로 나아가지만
부딪히면 고집을 버리고
방향을 바꿔 모둘 보듬고 간다
소리는
움직임에서 빚어지고
둥글게 퍼지며 잠자는 일상을 깨운다
아름다운 소리는
마음의 샘물을 이루어
혼을 울리고 감동으로 전율시킨다
천둥 벼락 소리에

삐죽빼죽 들쑥날쑥 감성의 날(刀)이 설 때도
풀벌레, 들꽃, 시냇물의 속삭임
당신의 사랑이란 한마디로 칼날을 다듬는다
빛은
형태를 보이고 모든 형상은 제 소리를 품는다
가끔 빛은
사라지면서 형태를 가두고
소리는 그걸 다시 기억해 낸다
빛으로 소리를 듣고 소리로 빛을 본다
둘은 한 몸이고 우주로
서로를 아우르고 서로에게 섞이어
끝없이 차오르고 흔들리고 출렁이며
생명의 치음과 끝을 함께한다
빛 소리가
어수선한 마음을
촉촉이 적시며
내 앞에 버티어 섰다

눈꽃 세상

이 골짝 저 골짝
빛으로 채운
눈(부신) 꽃

먼 생애를 굽이쳐 와
숨 가쁘게 만나는
어쩌면 만나지 못했을 너를
눈(물로 만나는) 꽃

눈(을 감으면
마음으로 보이는) 꽃

똥섬

바닷물에 닦고 헹군 몸이라
'청산도' 라는 이름을 걸치기도 하지만
이름이 인물을 못 따라가는 섬도 숱한데
인물도 함자도 수수하게
바다가 배설한 세월처럼
정왕동 귀퉁이에 거시기처럼 붙어 있다
오랜 바람이 물기를 거두어 간 푸석한 얼굴
소금기 간간한 가슴 반쪽을 잃었지만
끝없는 바다와 곰삭은 갯벌
끝내 바다 한쪽을 놓지 않고 있다
한 시대가 불도저로 밀고 갈 때마다
땅의 기억들은 우수수 뽑혀 나가는데
작은 이름 하니 代를 물리는 족보
술이 솔솔 생각나는 저녁엔
여윈 네 손등에 손을 포개고
다 씹고 뱉어 버린 바다의
곰삭은 파도를 건져 올린다

미루나무

새 한 마리
미루나무집 베란다에서
봄을 예견하는 중
까칠한 미루나무네 집도 페인트칠을 하면
노르짱한 담장으로
아주 푸른 지붕으로 바뀔 것이다

몸이 집인 새들
허공에 길을 내며 다닌다
외다리로 평생 버티는 미루나무
애기보따리 풀어놓은 새를 따라가며
나무는 가지마다 길을 놓는다

더디게 자라는 나무의 길
잠 못 드는 열대야의 꿈은
두고 간 지도 위에서
끝없이 파도로 철석이고

새들을 따라 이동하는 중에도
땅에 오래 발이 묶인다

가을강

그의 곁으로
달려온 수양버들의 봄은
곁눈질만으로도
한 자씩 푸르렀다

세상의 높은 길
앞으로 앞으로 내달리며
속을 뒤집고
흙먼지를 뿌려도

묵묵히 걸었기에
걸림 없이 보냈기에
불타는 가을산
이제 막 통과한다

2부
나 그대와

아내에게

내 사랑 전부를
그대에게 보낸다
다만 얼마간의 부스러기
세상에 나누리라

품안에 쏙 드는
날씬한 작은 거인
오뉴월 푸르름과
백합의 고귀함을 간직한 당신

은은한 향기
영원히 가지기 위해
오늘 내 모두를
네게 바친다

바다 앞에서

밀려가고
밀려오고
지루함도 없이 반복하는
저 천만년의 바다 앞에서
나는 꿈꾼다
지상에서 받은 한 묶음의
세월이 끝나고
다시 세상에 온다면
그때도 다름 없으리
세상에서 뜬금없이 떠돌다가도
저녁이면 부리나케 당신에게로 밀려가는
바다가 되고 싶은 것
오직 당신의 바다이고 싶은 것

그 이름으로

너른 세상에 대고
"여보"라고 소리치면
대답할 사람 하나
오직 당신이란 걸

거리는 찬바람이 불지만
"여보" 그 이름 속에서
집처럼 따뜻해진다는 걸

누가 세상에서 나를 떠밀어도
밀리지 않게 밟히지 않게
내 뒤를 받치며 따라오는
오직 한 사람
내 사랑의 이름

꽃꽂이 사설(辭說) 화예

젖은 흑장미에서
아득한 입내가 납니다
어느 산허리
반쯤 웃는 산나리
조근거리는 귀엣말을 담습니다
나는 이렇게 걸어서
당신과 동행합니다
비바람 속에서
햇살 속에서도
나는 온몸 엎드려
당신의 밑둥이 닿는
쟁반으로 살아갑니다

나 그대와

창문을 활짝
열고 달빛 부서지는
세상을 바라봅니다
거기, 당신과
함께 넘어온 비탈진
언덕도 손잡고 건너온
긴 골짜기가 있습니다

지금 언덕엔
꽃들 흐드러지고 강물은
소리 높여 노래합니다
당신이 곁에
있어 두렵지 않습니다

감사와 이해
배려와 헌신의 길
내 온 몸

당신을 꼬옥 안고 안고
온기를 전하며 우리의 길
나, 그대와
아름답게 걸어 갑니다

장미

푸른 하늘과
하얀 구름의 손짓
금빛 햇살 뿌리는 유월에는
아무것도 두렵지 않다

울타리로 막으랴
넝쿨째 넘어가는
하얀 얼굴, 분홍 뺨
아무것도 숨길 수 없다

누구나
눈만 마주치면
바짝 다가서서
체취라도 훑고 간다

아카시아

오월
산길을 걸어간다
신록 사이사이 널린
하얀 구름 밭
보슬비처럼 내리는 향기

스무 살 그녀
머리칼에서 일던
풀빛 바람
햇빛에 무릎 꿇던
현기증 사랑

사월

활짝 웃는 백목련을 바라보며

자목련은 속으로 미소한다

당신은 하얗고 고요한 얼굴

키 낮은 백목련인가

그대를 더 가까이 끌어당기고 싶은

나는 붉은 가슴 터지려는

몸 큰 자목련인가

한 뜨락에서 35년

넥타이를 매주진 않지만

발을 닦아주고

살포시 안겨들진 않지만

내 머리며 손톱까지 소제해 주네

건더기만 좋아하는 당신을 위해

국물을 잘 먹는 건 아닐지라도

서로 다르면서 우린

외려 어울렸나 보다

사월의 품안에서

분꽃

햇발 척척 녹아내리는
절집 마당 입귀에 물린
소복소복 쏟아지는 네 웃음
연신 깊은 우물 길어 올려
땀 젖은 우리들 여름을
하얗게 빨아 널던
햇빛 빨갛게 절은 어머니 얼굴

지루하게 퍼붓는 장대비 사이
천둥 번개도 우쭐거리는데
몸을 동그랗게 옹크리고
까만 씨앗 꼭 쥐고 있는 너
나와 아이들의 우산
물방울 반짝이는 당신 얼굴

편지

– 무자년의 아침

당신의 해에
새 꿈 한 자락을 펼칩니다
"처음처럼 사랑하며 살자"라고
35년 짧지 않는 동안
사랑하는 배우자로
함께 일하는 동업자로
스스럼없는 친구로
애틋한 애인으로
서로를 기대고 품으며 왔습니다
아낌없이 나누고 주었습니다
아직도 걸어갈 길이 멀기에
이쯤서 한 번 뒤돌아보고
다시 앞날을 다져봅니다
"부지런한 당신 좀 쉬어갔으면"
투정 아닌 투정도 해 보면서
우리 가족의 건강과 행복을 빕니다
간절한 꿈 하나를 덧붙입니다

겨울 꽃집

새벽 2시, 내리는 눈을 보며
나는 무릎 꿇고 기도 올린다

그대는 장미
내 생애에 분홍빛으로 왔지만
나는 그대 머리를 톡톡 건드리는
모래바람 때로는 떠도는 눈비로
그대를 아프게 적셨는가

아내여
시든 그대의 숨결 위에
나의 깨끗한 눈물 한줌과
펄떡거리는 더운 피를 부어
그대를 씻는다

아침이 오면
그대는 겨울 꽃집에 핀 장미

나의 가슴을 톡톡 건드리는
향기, 때로는 햇살 한 줄기로
나를 얼마나 사무치게 하려는가

큰아들

크리스마스 이브 새벽 4시 44분
내게 아버지라는 이름을 선물하며
너는 이 세상에 왔다
해마다 돌아오는 크리스마스에
이보다 더 큰 선물은 없었지

8살 터울 동생을 얻기까지
혼자 놀았던 너
서점에서 선 채로 책 한 권을 읽고
하룻저녁 여러 권의 소설을
속독으로 읽는 너를
공부란 이름 아래 이해하지 못하였지
너는 속이 아주 깊은 아이였다
깊은 속을 헤아리지 못한 점 미안하다

잘 생기고 똑똑한 아들
눈 크게 뜨고 세상을 보아라

너는 무엇이든 생각하고
기꺼이 해낼 수 있다
같은 날에 오신 그 분처럼

입대하는 아들에게

조국을 지키러 가는
건강하게 자란 청년이어서
무엇보다 기쁘지만
한동안 떠나 있어야 하니
아쉬움도 남는다
함께 웃던 밥상머리에서
당분간 너를 볼 수 없지만
생각하련다,
나라를 지키고 또한
네 스스로를 지킨다고
네가 보고 싶을 때
편지로 징검돌 하나씩 놓고
그리움의 강을 건너 가겠다
훌쩍 자라는 너에게로

군항제

- 벚꽃 아래서

밤 하늘은

난쟁이들이 쏘아올린 불꽃놀이중이다

여러해 전 아들은 해군에 입대

부르고 싶은 이름들을

편지보다 더 많이

저 나무들에게 털어냈으리

지금 내가 터뜨리는 불꽃은

당신과 우리 아이들에게

또 가난한 이웃에게도

그들이 바라는 기도

사랑, 건강, 용서 그리고 축복의 노래

오롱조롱한 저 불꽃들을 지나서

나뭇가지 끝에 바싹 붙어 있는 별늘

반짝거리는 눈빛과 맞닿는다

'불타는 봄밤'

어디선가 밤의 심장

쾅쾅 터지는 소리도 들린다

준

6월 푸른 숲
나무들 수런거리는 길에서
우리들은
너를 기다리고 있었다

수많은 햇살이 일제히
땅으로 내리 꽂히고
하늘과 땅 사이
기쁨의 노래 가득 차올랐다

2008년 6월 18일 15시 30분
첫울음으로 경주이씨 가문에 계보를 올렸다
오똑한 콧날과 듬직한 귀
낯익은 모습에 가슴이 뭉클했다

오늘처럼
우리는 너를 위해 기도하리라

엄마 아빠 할머니 할아버지라는 이름으로
너와 더불어 가리라
늘 너의 친구가 되리라

단풍놀이

선운사 입구
은행나무는 노오랗게
단풍나무는 빨갛게
떡갈나무는 연둣빛으로 어울려
풍경 한 장 찍고 보니
얼핏 우리 가족이다
어깨동무하고 지내온 초록 세월이
이렇게도 다른가 싶다가도
그래서 어울리는 한 폭 그림이다
어리게만 보이는 아들과 며느리도
더디더디 물들면서
또 우리 뒤를 밟겠지
그새 하늘마저 익은 저녁인데
한 장만 더 찍으라며
노을이 나무들 틈에
막무가내로 얼굴을 들이민다

3부 어둠의 소리

은행나무

– 청안에서

이 땅 지킴이
용틀임하는 천년의 숨결
아직도 하늘을 오른다
스스로의 가는 길에
가슴팍을 내어주고
풀씨들에게 하늘 오르는
길을 또한 내준 그대
유년의 교문을 나서서
산등성이를 몇 번 넘었던가
청주로 나가던 (무거니) 고갯길
쌀자루를 메고
적막하고도 고단하던 배움을 익히며
세상으로 나아가던 시간들
나를 굽어보며
천년을 뻗어온 맥박소리를 보낸다
나의 젖은 땀을 씻어 내리는
그 푸른 눈빛 아래
나는 서 있다

남한산성에서 · 2

혼자 오른다
아직 잠 속에 빠진 청량산
꼭대기 수어장대
한 때의 영광을 얼른 놓지 못하고
몸부림치다
우수수 뿌려진 선혈을 밟고
퇴장하는 술 취한 벌건 얼굴
검은 그림자를 지우며
얼른 서울을 품에 안는다

술자리가 길어
자정을 넘기고서야
일찍 퇴근한다며 낄낄거리지만
힘이 빠져 보인다
혼자만의 질주, 마라톤도
같이 출발하지만
이 어려운 시대
누구나 혼자 가야 한다

오! 뉴질랜드

하늘도
물도
나무도
너무 푸르러서

그곳에서 내 천(千)의 날들은
하늘처럼
바다처럼
나무처럼
파아랗게 소용돌이 쳤다

거기에
아홉 번은
내 맘 속 깊은 곳에서
끓는 피를 뽑아주었으니
지금도 그 땅
붉은 눈 뜨고 있으리

고요히 눈 감으면
그 날들을 들으리
내 눈물의
차돌같이 또아리 튼 사무침
붉게 푸르게 화음지는
이 파도 소리

거울 앞에서 · 1

네 속의 나는 웃고 있다
변기를 타고 끙끙댈 때도
혓바닥 길게 빼고 눈 부릅뜬
마오리(Maori) 흉내를 낸다

거품투성이 얼굴이
산타의 흰 수염 같고
면도질에 피가 나도
그저 웃는다

멋진 몸매를 맨 먼저
나에게 보이며
너를 통해 나를 본다

나를 사랑하고
자연을 이웃하고
우주를 여기서 만난다

슬픔을 가려주는

일시적 폭소보다

작지만

부드러운 미소 너는

세상을 바꿀 수 있지

빛의 소리 · 2

산 목련이 하얀 날갯짓을 하고
철쭉은 빨간 입술을 달싹거린다
굴참나무 연두 손가락들이 고물거리며
하늘을 만지작거린다
절집 잿빛 머리 뒤에
오색등이 바람의 덫에 걸려 있다
빛의 중심에 서서 나는 비틀거린다
대낮에 일어난 사건이다

날갯짓의 펄럭임을 듣는다
입술 속의 말들을 끄집어낸다
손가락들의 온기를 더듬는다
치맛자락을 끌고 가는 바람을 잡는다
갑자기 뛰어든 새 울음
소리 속으로 나는 미끄러진다
깜깜하다
한밤중에 생긴 사고였다

풀꽃 뒤에

고속도로 가에
손톱만큼의 틈새에
거처를 삼은 풀꽃 한 송이

숨을 내뿜을 때마다
몇 길 깊이에서 나는 강물소리
바람이 퍼뜨리는 흙내

밟힐까 뽑힐까 노심초사
두 손에 햇빛 담아 얼굴 닦아내는
크신 이 보인다

어둠의 소리

노을의 언덕을 넘어
어둠을 열고 들어간다

나는 어디에 와 있는가
더듬거리며 주변을 더듬지만
형체가 없는
빛을 등진 원시림

존재하는 것들은
오로지 소리로 남아
소리로 교신한다
누가 나를 듣는가

잠적한 세상을 찾아
부르는 어둠의 소리
빛의 손이 쌓아둔 세상의 골목마다
눌려 있던 침묵하던 소리들이 깨어

들끓기 시작한다
빛의 막을 찢고 나온 존재
소리로 세상을 증언한다

하얀 돌

유월은 초록으로
넝쿨져 뻗어 가는데
계곡의 돌들은 알몸인 채
하얗게 타 들어간다

이끼에 얼마쯤 자리를 내주고
가녀린 풀들의
보금자리 만들어 주지만

아직은 발목만 간질이는 물소리
언제쯤 가슴 차오르는 물로
목마름을 씻을 것인가

뜨거운 이마를 만져주는
충충나무 이파리 아래
바람은 앉아서 졸고 있다

공든 탑

산중턱 돌탑 위에
돌 하나 살짝 올린다
떨어질 듯 무너질 듯
매달리는 소망
참 많이도 모여 있다
스스로에게 물어 본다
'왜 쌓아 올리지'
앞선 친구가 대답한다
'쉽지 않기에 할 만할 거야'

나의 소망
누구를 해칠까 염려하여
돌 하나 얹으면서 돌탑을
온몸으로 받쳐 든다
때론 떨어져 구르더라도
다시 쌓을 기회
두드려보고
세상으로 나아간다

손전등

갑자기 드러낸 어둠
달빛이면 그만이던 사람들이
불빛 하나 꾸어올 길 없어
우왕좌왕한다
갑자기 불이 들어오면
어둠에 휘둘린 흔적
고스란히 드러낸다

삐걱대야 겨우 관절을 돌아보듯
잃고서야 찾아 나서는
숨어 있는 빛
작은 전등 하나 꾸리고
당당히 걸어가자
대낮 거리 어딘가
어두운 속을 뒤져가면서

신발을 신으며

대문 밖을 나설 때
집에서 세상에 옮겨놓을
신발을 신으면서
의관을 완성한다
오가는 생각
오가는 발길도
신발 속에서 간추린다

혹 어쩌다
세상에 내다 건
체면을 팍 내팽개치고
산으로 들로
밈찟 도는 날
헛도는 몸을
신발은 옭아맨다

섬을 향한다

— 詩에게

매일 그대에게 갑니다
이 시간도 파도치면서
그대에게 이르고자 합니다
그제는 그대 발을 건드리고
오늘은 발목을 간질이지만
아직은 옷에 싸인 그대 심장
부근을 겉돌다 돌아옵니다
아주 먼 길을 돌아가기도 하지만
나는 한시도 멈추지 않고
그대에게로 가는
아직은 작은 물너울입니다

이팝나무

어린 봄의 연두 물결이
곰실곰실 절집을 에워싸고
대웅전으로 기어오르며 멈칫거리는데
그중에서도 다소곳이
무명 흰 향기를
산길에
산자락에 깔아놓는다

수없이 밀어닥친 비바람을
맨몸으로 다스린 행자(行者)들
공복의 그 낮과 밤을 위로하며
수북이 고봉밥을 바치는 나무
그렁그렁 고인 저 눈물방울들로
너무 기름때 번지는 이 세월을
닦아낼 수는 없는가

찔레꽃 구름다리

6월 하늘에 터지는 함성
가녀린 몸 어디에
총총히 분화구를 숨겼던가
폭탄이 터졌다
이쪽에서 저쪽으로
구름의 다리를 타고
불길을 옮겨간다
우르르 우르르 쾅쾅
천둥 내지르는 소리도 없이
냅다 들고 일어나는 반란
바야흐로 꽃들의 때가 왔기에
푸른 하늘도 얼굴 한쪽 데이고 말았다

목욕을 하다

한때는 살붙이였다
이제 때라는 이름으로 버린다
묵은 것들을 조금 밀어내니
몸이 한결 가벼워진다
뜨거운 물에 불리는 것이
몸뚱이인지 마음인지 몰라도
다 벗은 순간 참 청안하다
눈을 감으면
어디서 쏟아져 들어오는 햇빛과 바람
가린 얼굴 없이 가린 생각 없이
원시림을 한껏 달린다

감은 눈을 슬며시 뜨니
목욕탕 밖에서
세상의 규율과 체면을 알리는
세상의 옷이 얌전히 기다리고 있다

미소

작은 일에
깊은 근심을 했을 때는
눈만 뜨면 세상이 내 앞에
걱정거리를 내밀었다
언제부터인지 모르지만
깊은 근심 앞에서도
미소하기 시작하면서
이제 잘 웃는 사람이 되었다
세상은 골목 구석구석까지
심지어 슬픔의 뒤안에도
웃음을 조금씩 깔아두었다

4부
똥섬에서

붕어찜

지상으로
오르던 길에
허울을 벗긴 채
속내를 통째 드러낸다

불과 1센티 차이로
월척은 못되었지만
그런대로 이 몸은 원하는 자의 몫
어리석은 자에게도 바치리라

정성스런 손길로
청실홍실 몸단장에
시래기 연대(蓮臺) 위에
고이 누워 두 눈을 감는다

새들의 세상을 꿈꾸었나
맘껏 누비던 물의 세상,

버림으로써 얻은

단 한 번의 날갯짓

거울 앞에서 · 2

오른쪽 뺨 밑에 뽀루지는
간밤에 태어난 것이다
내가 꿈속에서 헤매는 동안
제가 택한 길로 왔다
언제 분출할지 모르는 내가
네 앞에 서 있다
언제부터 시작되었던가
너를 통해 나를 들춰보는 일
가끔은 들키고 싶지 않은
속의 얼룩을 말끄러미 비추고 있는
너를 피해 돌아가고
아니 돌아갔다가
번번이 네 앞으로 다시 왔다
한 차례 어깨를 우쭐거리고
한껏 눈초리를 겨누다가
다시 부드럽게 풀어본다
이런 저런 나를

말없이 담아두는 네게만은
끝까지 나를 다 보여줄 것이다

강태공

물결 속의 얼굴
움푹 패인 주름은
왔다가 도망가고
물은 잔뜩 속내를 숨긴다

밤새워 긴 줄 드리우면
못이기는 체
품안의 것들 하나씩
물 밖으로 내보낸다

제자리 떠나 살 수 없다지만
지상에 이를 수 있고
천상에도 오를 수 있는
단 한 번의 기회를 기다린다

오늘도 허공에 흰 연기 날리며

은행나무 아래서

가을이 쭈욱 두 팔을 뻗어
사람들의 어깨를 당기고
발 밑으로 한 뭉텡이의
황금지전을 쏟아낸다

사람들은 몇 개 주워 들고도
넉넉한 마음으로 돌아가고
푸른 하늘 멀리 생각의
나비 떼를 날리기도 한다

손에 손을 잡고
어깨에 머리를 기대지만
가깝고도 먼 연인에게 때론
눈물 채운 엽서가 되어
소드락 소드락허니 쌓인다

돈벌레

웬 벌레 한 마리가
나를 향해 돌진한다
닥치는 대로 집어 내리치려다
살생의 계율에 묶이는 순간
'돈 붙는 돈벌레' 라고
당당히 밝히고 나선다

돈이 붙는다는 솔깃한 생각에
신문지에 둘둘 말아 버리는 대신
빳빳한 달력 종이에 얹어
현관 밖으로 정중히 모신다
'너와의 인연은 이쯤에서'

방향키를 다쳤는지
얼마 후 다시 방으로 찾아든다
가는 다리를 쉴 새 없이 움직여
돈이 전부 아니라고 말하는 것 같다

그 이름 덕인지
두 번씩이나 절명의 위기를 넘긴다

똥섬에서

큰 바닷새가
한 무데기 갈겨 놓았던 것일까
똥섬은 지금 오이도에 붙어서도
그 이름으로 남는다

옛 초소 뒤
계단을 밟고 내려가
서해와 악수를 나누는데
물 빠진 개펄 여기저기서
펄콩게와 말똥게들의 짝짓기
생놀이가 한창이다

담쟁이 커튼을 치고 앉은
'인디바' 찻집 커피 잔에는
소나기 스치던 기슭에
가만히 안긴 자귀나무 분홍 얼굴
돌아올 수 없는 시간이
섬 속의 섬으로 남는다

꽃을 꽂으며

눈꽃보다 가벼운 너는
봄의 날개로 하늘거리지만
네가 걸어온 발자국에
고여 있는 찬 눈(雪)의 흔적

갈수록 높아지는 빌딩
문명 속에 잠적한 사람들에게도
너는 봄
너는 햇살과 흙 냄새
닫힌 문 열어 보이는 하늘

간밤의 추위
어지러운 생각을 간추리고
상처 난 자국에
미소가 떠 있다

네가 없었다면
나의 겨울은 더욱 길었으리

사진을 찍다 · 1

꽃이
햇살을 이고 있을 때
그림자는 뜨락에 눕고
강물은
끝없이 흘러가는데
그 깊이 어디에
고요한 머무름 숨기네

내겐 꽃이고 강물인 그대
환한 웃음 그 아래
혹 아린 눈물 있는지
침묵 뒤에 고인
간절한 말은 없는지
나는 매일 당신을 찍는다
새벽이나 한밤중에도

사진을 찍다 · 2

매화 푸른 봄을
렌즈에 가둘 때
몇 날이나 쉼 없이 내린
흰 눈의 겨울을 빼놓지 않고
넘실거리는 푸른 숲에서
숨어 우는
바람의 손짓을 따라간다
그러나
렌즈를 떼고 나서야
비로소 당신을 찍는다
몇 개의 산 넘어서
몇 개의 강 건너서
네 앞에
바람처럼 날아오고
물처럼 스며오는 당신

마라톤

오직 목표점만을 바라보고 가지는 않습니다
누구보다 빨리 이르겠다는 생각은 없습니다
그저 주어진 길을 끝까지 가고 싶습니다
제 때에 맞는 나의 보폭과 시간을 택합니다
그것도 神이 허락할 때까지입니다

봄비

가락시장,
저녁 6시 봄바다는
소매를 끌어당기는 손가락 사이에서
울컥울컥 파도를 게워내고 있다
사장님 이쪽으로요
사모님 저쪽입니다요
인파는 출렁거리는데
거기 누구 없는지요
바다 속에 동그마니 놓인 섬에서
간간이 비린내가 훅 튕겨 나온다
시장 밖은 당도한 봄이 와글거리는데
무엇으로 누를 수 없는지
근치 나무들이 뿜어내고 있는
더운 입김을 톡톡 건드리며
실비가 실실 걸어가고 있다
멍한 얼굴을 한 장
봄이 웃으며 계속 찜하고 있는데

춤

실바람에
흔들리는 풀꽃
주름지는 물결
폭풍에 회오리치는
뒤틀리는 산천
부서지는 초목

맑은 눈 살포시 내려 감고
헤픈 웃음 다잡으며
수줍음 한 가닥
한삼자락에 싣는다

푸른 하늘과 손을 잡고
하나의 우주가 된다

겨울 뚱섬

〈인디비〉 창을 두드리며
파도는 서서히 다가와
느닷없이 얼굴에 물보라를 쏟았다
여름에는
바람에 흩날리던 머리칼과
불꽃처럼 부서지는 숨결
볼을 발갛게 물들이며
사과처럼 익어가던 섬

누가 너를
엄동설한으로 밀어붙였는가
파도 한 자락 얼어붙은
내 가슴 둘레에
다시 봄날이 와서
풀꽃 한 다발을 꽂아준다 한들
그날 그 시간의 물레방아 도는 피를
어찌 다시 끓일 것인가

엄나무

온몸에 가시옷을 두르고
세상과의 사이에 담장을 세운다
잡귀는 더욱 얼씬거리지 못하게
대문 앞을 굳건히 지킨다
삼복 땡볕을 식히는
저녁나절 착한 바람도
다른 나무들 사이로 슬머시 빠져 버린다
그러나 그러나
기다리던 가을이 이 땅에 당도하면
엄나무로 엄하게 살아온 날들 대신
큰키갈잎나무로 살아보려 한다
힘준 가시를 슬그머니 빼놓고
울타리를 가벼이 벗어나
갈잎 날개에 천지를 매달고
천리만리 훨훨 날아간다

섬노을

섬의 저녁은
바다와 하늘이 맞붙어서
화염에 휩싸이며 오고 있었다
어디서 오는지 알 수 없는 바람
불난 집에 웬 부채질인가
물을 떠난 적 없는 섬 하나
꼼짝없이 불 붙는다
섬에 산책 나온
神마저도 붉은 얼굴
지금은 속수무책이라서
모두 함께 불 타 오른다

녹차밭에서

너는 강물이다
바람 속에서
층층의 파도로 에워싸고
말하듯 출렁인다

너는 산이다
햇빛 속에
푸른 심지를 세우고
말 삼킨 듯 고요하다

5부

바다가 오는 시각

빛의 조화(Light of Harmony)

천상에서 지상으로
줄줄이 빛의 줄을 타고 땅거미가 내려온다

낮 동안 빛에 기댄 것들
하늘과 땅 사이를 떠도는 자들은
하루의 낱낱이 드러난 행적을 지우고
어둠의 안식에 몸을 눕힌다
빛은 이제 머리 위에서 휘두르지 않는다
강한 자신을 부드럽게 휘어
만물의 휴식 위에 엎드린다

빛이 얼굴을 숨기면서
빛 속에서 날뛰던 소음들이 밀려나면
고요히 기다리던 먼 소리들이
어둠을 살금살금 밟고 다가온다

어둠에 스며

어둠을 깨우는 빛을 보리라
빛은 낮과 밤을 분리하지 않는다
세계의 다른 통로를 따라 걸어갈 뿐이다

어둠이 깊어갈 때
하늘에서 내려온 빛은
지상에서 사뿐히 날아올라
한 개의 달
수 억만 개의 별로 뜬다

꺼지지 않는 빛, 희망의 불씨를 간직하며
하늘과 땅 사이에
또 다른 새벽과
한낮의 뜨거움을 준비하리라

독도

동방의 끝
아득히 먼, 동해호의 점 두개
만고풍상에 터 박고
그럭저럭 살 만한데

오가는 왜구들 치근대긴 했지만
긴 칼 갑자기 심장에 들이대고
이제 내놓고 제 것이라 우기다니
죽어서도 나라 지키는
문무왕 해중능침(海中陵寢) 뜻을 아는가

날개하늘나리, 갯메꽃 키우고
괭이갈매기, 노랑부리백로, 삽살개와 짝하여
주어진 땅으로
주어진 이름으로 살아가고 싶다

그냥 두고 보라

한반도의 막내
어버이를 따르고 자신을 닦는
망망대해의 피수꾼
조국의 눈동자여

아부지

봉은사 판전 밑
보리수 한 그루
머리를 폭격에 날리고
미라로 남은 몸뚱이
또옥 똑 떨어지는 겨울 햇살에
버짐은 하얀 꽃처럼 피어오른다
골다공증 다리를 지나는 바람
몸뚱이를 흔들어
기억의 부스러기를
　　　　떨구는 중

청주 하늘 아래
구순의 아버지
머리는 남아
마른 기억을 더듬거리고
아직도 꼿꼿한 척추에서 이제
골수를 비어내고 있다

모든 것을 내려놓고
한 칸 방마저 내어놓은 채
눈 밖 하늘 또 다른 고향을
　　　찾아가는 중

어무니

"남에게 불편한 짓 하지 말어
맞은 놈이 발 뻗구 자는 거여"

말씀의 뜻을
그땐 알지 못했습니다

런닝구 속 드러난 말라 처진 젖가슴
못 피는 담배로 하늘을 쳐다보는
당신의 속앓이를
그 때는 알지 못했습니다

남자를 대신하여
힘든 대소사 남 몰래 해내시는
잔잔한 미소의 힘을
그 때는 알지 못했습니다

작은 손짓 하나도

오직 하나
아들을 향한 사랑임을
늦게서야 알게 되었습니다

어머니를 만나

비 개인 7월의 아침
어머니를 만나러 가는 산길
풀섶 이슬에 젖고 가시에 긁힌다
할 말이 앞서 길이 더욱 더디다

손주, 로운이가 곧 입대하는데
간혹 간담 서늘한 일이 터진다는데
넷째 누나는 병석에 있고
걱정 한 보따리만 올린다

외아들 애지중지하셨는데
드문 발걸음 탓인지
당신 이마에 둥지 튼 망초
뽑아낸 자리에 고인 온기

까탈스런 남편에
가지 많은 바람, 잘 날 없어도
한숨을 대신하던 미소가
올리는 향내음 타고 퍼져 나간다

장례

마지막 왕가를 거둔다
가깝고도 먼 땅에서
숨을 거둔 비운의 황세손 이구
금방 콧물이 묻어 날 것 같은 영정
늘 떨며 사시어
마지막을 삼복(三伏)으로 쬐시는가
주구(走狗)들의 협박에 이 땅 저 나라 헤매고
제 나라도 마음대로 나들지 못했으니
세상에 발 붙일 곳 어디랴

창덕궁울 떠나
영원(英園) 가시는 길
펄럭이는 만시(輓詩) 하늘에 닿고
통곡은 땅으로 잦아든다
어느 누군들 제 뜻대로 걷는 것만은 아니리
불볕 정오의 무상
서둘러 영원(永遠)을 벗어난다

보이차

칼바람에 휘둘리던 겨울
너를 처음 만났던 건
사강의 어느 분교 찻방에서였다
다시 그곳에서 너를 만났을 때
너의 모든 걸 들었다
꽃보다 향기를 따라간 길
푸른 몸을 씻고 태우고
바람에 무게를 덜어내며
펄펄 끓는 물을 뒤집어쓰고
새로 태어나는 너
그냥 얻어진 이름이 있다더냐
뜨거운 물에 우려낸
네 삶에는 눈물 맛
거품 같은 슬픔이 일어난다

보이는 대로

보이는 대로가 좋다
그 사랑을 따지는 것보다
딤딤 이 시금 보이는 대로가 좋다
말없이 앉아있어도
시공을 초월한 한 폭의 자화상으로
초연하게 보이는 대로가 족하다

뚱뚱다리 홀쭉다리
어설피 꾸미지 마라
큰 소리 치지 마라
좀 아프면 어떠랴
좀 일찍 죽으면 어떠랴
고통 다음 행복의 비법을 전수 받고
죽음의 문턱에서 비로소 정직을 바라보지만
너의 내면에 심오한 비밀을 품고 있더라도
난 그저 너의 보이는 대로 사랑한다.

장애우

면일초등학교 후원
한 아이 달려와 생긋 눈을 맞춘다
웃을 틈도 없이 벗어논 내 자켓
달려가는 아이 손에 들려 있다
주머니 세간 바닥에 나동그라지고
쫓는 자를 비웃듯
쫓기는 자 멀리 사라진다

한 순간 지나
더럽혀진 옷을 들고 미안해 하는 선생님
웃고만 있는 해맑은 아이 사이에
아픈 몫을 안고 서있다
우리도 장애인이라고 끄덕이며

누가 먼저랄 것 없이
서로 보며 씨익 웃는다
손과 손 어느새 잡은 채로

주도(酒島)

잠실 뒷골목
사람의 바다에 떠 있는
하나의 섬이나
끌고 온 조각배를 대놓고
소주 한 잔 걸치는데
30대 파도와 50대 파도가 충돌한다
책 외판원의 끓는 물길은
주인장 거센 파도에 내몰린다
'술과 책의 거리는 멀다'
그녀, 난파선은 이 밤
어디까지 밀리고 있을까
식도에 덜컥 걸린 파도 한 자락
울컥거리는데
끼룩 끼룩 갈매기처럼 우는데
섬은 고요하다
청하 한 잔 또 한 잔
빈 조각배들 쉼 없이 물살에 부대낀다

헌혈

묵은 책장에서
까만 글자들이 벌떡 일어나
머리 녹슨 철책을 밀고
바람처럼 흘러들어온다
동면하고 누운 골짜기를
햇살로 쏘아댄다

몇 달에 한 번
몸에서 뽑은 피가
한 방울씩 흘러들어
가뭄의 혈관을 적시고
육척인 내가
솔래솔래 빠져 나가
그래도 한 목숨을
일으켜 세울 수 있다니

헌 구두

오랜만에 너를 보았다
반짝거리던 얼굴에는
바람이 긁고 간 세월이
주름으로 펴져 있었다
부드러운 내 발을 감쌌던
네 피도 식었지만
그러나 너는
지난날 나를 버리지 않고
꽉 끌어안고 있다

오고 가면서
함께 웃고 울었던
너와 한 몸이었던 시간
허물어진 네 얼굴에서
빛나던 미소를 마주한다
한 치도 어긋나지 않고
나에게 꼭 맞아
나의 것이었던 짝

잘 가시게 친구

*2007. 8. 23에 떠난 친구에게

8월의 강 위로
물새처럼 한 영혼이 날아가고 있다
훤칠한 용모에 멋진 미소는
여인네들 은근히 설레게 했다지만
청안초등 우리들의 친구인
그대 짝에게만 사랑을 몽땅 쏟았지

때로 친구들의 잘못을 호통 치지만
'미스 고'를 부를 땐 매혹적인 콧소리
솔밭을 쓸쓸히 서성이던 뒷모습이나
자식들의 차려 준 환갑상 받고
활짝 웃던 얼굴 다시 볼 수 없다

천상에 자리잡아놓고 기다리겠지만
이 땅 서늘한 바람이 불어가고
하나씩 둘씩 나뭇잎 흩날릴 때
발길 닿는 어느 곳에서든
술병 놓고 자네를 기다리겠다

바다가 오는 시각

우리가
출렁이는 바다처럼
가득하기만 했겠는가
때때로 서로에게서
텅 비어 버린 적도 있다
방파제에서 한 순간은

때마침 돌아오는 저 바다
춤추듯 가볍고 바쁜 걸음걸이
서로 먼저 달려와 가득해지는 바다
오늘의 한 컷에
당신의 영혼을 가둔다
당신이 전부 내게 스미는
이 찰나

사진을 찍다 · 3

"아침 7시부터 오후 3시까지
썰물진 갯벌이 목줄이제
7살부터 갯벌을 기어다녔응게
나, 지금 7순이여."
껍질 까서 양푼에 담는데
마파람에 게 눈 감추듯 한다
"할머니 손이 엄청 잽싸시네?"
"쭉 학원 다녔고 박사학위도 땄당게."
"얼굴 한 번 찍읍시다."
"아니 등짝만 찍더라고, 바뿡게"
굴 따서 아들 공부시키고 손주도 거뒀제

시커먼 갯바닥에서 평생을 보냈구나
때로 밀물에 쫓겨 도망쳤겠구나
사납게 할퀴는 겨울바람을
꽉 움켜쥔 그 손을
카메라가 꽉 붙든다

남한산성에서 · 3

산성의 옹이로 박혀 있는 수어장대

한양을 떠나 청나라 군사에게 둘러싸였던

인조 임금의 성곽 속 45일

남한산성을 내려와

삼전도에서 세 번 절하고 아홉 번 조아리던

그날들을 침묵하고 있다

나무들은 울울창창하고

나무들처럼 어깨를 맞댄 지구인들 사이에

제 나름의 수어장대를 세우며 벅찬 힘 싸움을 하다가

굴욕의 수교로 막을 내리기도 한다

산다는 건 알게 모르게

남의 땅을 다스리려는 것일까

이 땅에 살아 있는 모든 것들은

서로가 서로를 둘러싸고 쉼 없이 힘을 겨루는 것일까

무엇에도 쉽게 누를 끓지 않으려고

나는 다리에 힘을 모으며

천천히 산성을 내려온다

삶의 현장과 서정과의 승화미 구축

— 리형 시집 《빛이 쌓이는 포구》의 시세계

홍 윤 기

일본센슈대학 대학원 국문학과 문학박사(시문학)
국제뇌교육종합대학원대학교 국학과 석좌교수(현재)

이 사람(필자)이 한국 문단에 정식으로 등단하여 시를 쓰기 시작한 지 반세기도 훌쩍 넘어 이제야 무언가 조금은 알 것 같다. 그동안 시인들을 마주 바라보고 대하면서 절실히 느낀 것은 시인들의 유형이 다섯 가지쯤 된다는 사실이다. 먼저 시의 천분을 타고나서 생을 통하여 꾸준히 탁마하여 오는 시인들이 그 첫째이고, 두 번째는 천분은 크게 타고나지 못했으나 시가 좋아 스스로도 좋은 시를 쓰기 위해 불철주야 애쓰는 분들, 그 다음은 제대로 천분을 타고났으나 재능만 내세우며 노력하지 않는 분들, 네 번째는 시를 마치 자신의 입신출세의 도구인 양 정치적 프로파간다(선전)로 악

용하는 이들, 그 다음 유형은 천분은 차치하고 남의 시를 흡사 제 것인 양 슬며시 한두 줄씩 제 것으로 허위 조작하는 이들이다. 그야말로 가장 안 좋은 배격의 대상이다.

아직 만나보지 못한 리형 시인의 시 원고를 주욱 감상하면서 느낀 것은 오랜만에 시인의 유형 다섯 가지 중에서 그 첫 번째에 해당히는 시인을 만난 것 같다. 아직 연치도 모르나 시 그 자체만으로서 전혀 선입견 없이 감히 평필을 들어 본다. 앞으로 조금만 더 꾸준히 시어 처리법을 탁마하여 나간다면 한국 시단에서 훌륭한 평가를 받을 수 있다는 확신을 우선 전해 드린다.

이 시집의 독자들께서는 어떤 느낌을 받으실지 모르겠으나 필자는 보내 온 원고들 중에서 〈소래포구〉와 〈봄비〉를 읽어본 소감부터 먼저 밝히련다. 이 두 편의 작품에는 생활의 내면을 깊숙이 파고드는 삶의 빼어난 질감의 건강성이 확 솟구쳐 오르고 있다. 화자는 바다의 산물과 바다 그 자체를 각기 의인화(擬人化)시켜 스스로의 삶 속의 인간의 존재감을 차원 높은 그의 시작법 속에 진하게 투영시켜 시의 리리시즘(lyricism, 서정미)을 유감없이 메타포하여 새롭게 형상화히고 있어 매우 좋았다. 다만 〈소래포구〉의 경우 '슬픔'과 '그리움'이라는 관념어 대신 그 콘텐츠를 이미지로써 간략하게 처리했다면 한국 시단에서 이 작품은 근년에 보

기 드문 명편(名篇)이 되었으리라는 아쉬움을 굳이 지적
하련다. 반면에 〈봄비〉는 나무랄 데 없는 우리 시단의
가작(佳作)이기에 독자들의 애독을 기대하련다.

무작정 기다리지 않고
어디론가 떠나고 없는 바다
어시장에 쏟아놓고 간
그녀 가을이 물통 속에서
소용돌이 친다
광어의 납작한 슬픔과
뱀장어의 긴 그리움이 함께
뒹굴며 비린내를 토해낸다
모든 걸 놓고 간 바다
그녀를 잠시 잊고
사람들은 두셋 또는 너댓씩
환한 햇볕을 두르고 앉아
한동안 바다를 씹었다
야금야금 그녀 속살을 먹었다

– 〈소래포구〉 전문

가락시장,
저녁 6시 봄바다는
소매를 끌어당기는 손가락 사이에서
울컥울컥 파도를 게워내고 있다

사장님 이쪽으로요
사모님 저쪽입니다요
인파는 출렁거리는데
거기 누구 없는지요
바다 속에 동그마니 놓인 섬에서
간간이 비린내가 훅 튕겨 나온다
시장 밖은 당도한 봄이 와글거리는데
무엇으로 누를 수 없는지
근처 나무들이 뿜어내고 있는
더운 입김을 톡톡 건드리며
실비가 실실 걸어가고 있다
멍한 얼굴을 한 장
봄이 웃으며 계속 찜하고 있는데

– 〈봄비〉 전문

산 목련이 하얀 날갯짓을 하고
철쭉은 빨간 입술을 달싹거린다
굴참나무 연두 손가락들이 고물거리며
하늘을 만지작거린다
절집 잿빛 머리 뒤에
오색등이 바람의 뒷에 걸려 있다
빛의 중심에 서서 나는 비틀거린다
대낮에 일어난 사건이다

날갯짓의 펄럭임을 듣는다

입술 속의 말들을 끄집어낸다

손가락들의 온기를 더듬는다

치맛자락을 끌고 가는 바람을 잡는다

갑자기 뛰어든 새 울음

소리 속으로 나는 미끄러진다

깜깜하다

한밤중에 생긴 사고였다

– 〈빛의 소리 · 2〉 전문

시인은 시를 써내면 되고 독자(여기서는 '고급 독자')는 독자 나름대로의 공감과 해석이 가능하다. 그와 같은 견지에서 〈빛의 소리 · 2〉는 지성파 이미지스트의 인스피레이션과 그 화답을 시인 리형이 그의 빼어난 메타포 솜씨로 잘 보여주고 있다. 이 작품에서 나는 '진실의 언어'가 무엇인지 거기서 안겨주는 시의 가치를 평가하고 싶다. 석가탄신이라는 자비의 신성한 세계와 범인의 일상적 생활 사이의 충돌이라는 갭(gap)을 어떻게 메꾸는 것인가는 각자 나름대로의 사고(思考)와 방법의 차이가 크다고 본다. 필자는 항상 모든 종교적 관념을 벗어나서 스스로가 택하여 읽는 시세계를 해석해 오고 있다. 〈빛의 소리 · 2〉를 음미하며 시의 모티프는 어디서 오는 것일까를 문득 생각했다.

프랑스 시인 폴 발레리(Paul Ambroise Valéry, 1871 ~1945)는 "시에서 첫행은 신(神)이 써주고 둘째 행부터는 시인 스스로가 쓴다"고 했다. 여기 대입시킨다면 리형의 "산 목련이 하얀 날갯짓을 하고"는 신의 것이고 "철쭉은 빨간 입술을 달싹거린다"는 시인 리형의 몫이다. 석가는 시인에게 인스피레이션(靈感)을 안겨주었고, 화사는 즉시 화답하여 '빛의 소리'라는 그의 시 세계를 구축하게 되었다고 본다. 따지고 볼 것도 없이 이런 시인은 하늘이 내리는 존재다. 인간 정신의 모든 사상(事象)을 고찰의 대상으로 삼아 서구 문화에다 최상의 표현을 부여했던 시인 폴 발레리처럼 엄밀한 사유와 견고한 구성을 바탕으로 음악적이며 건축적 해조(諧調)를 이루고 있다고 본다. 즉 "소리 속으로 나는 미끄러진다/ 깜깜하다/ 한밤중에 생긴 사고였다"고 컴페스(告白)하는 마지막 대목에서 건축 구조적이며 주지적 발자취가 극명하게 드러나고 있는 수작(秀作)이다.

바닷물에 닦고 헹군 몸이라
'청산도'라는 이름을 걸치기도 하지만
이름이 인물을 못 따라가는 섬도 숱한네
인물도 함자도 수수하게
바다가 배설한 세월처럼
정왕동 귀퉁이에 거시기처럼 붙어 있다

오랜 바람이 물기를 거두어 간 푸석한 얼굴
소금기 간간한 가슴 반쪽을 잃었지만
끝없는 바다와 곰삭은 갯벌
끝내 바다 한쪽을 놓지 않고 있다
한 시대가 불도저로 밀고 갈 때마다
땅의 기억들은 우수수 뽑혀 나가는데
작은 이름 하나 代를 물리는 족보
술이 솔솔 생각나는 저녁엔
여윈 네 손등에 손을 포개고
다 씹고 뱉어 버린 바다의
곰삭은 파도를 건져 올린다

〈똥섬〉을 귀결적으로 집약하여 한 줄로 평가하자면 모티프를 능동적 새타이어로 처리하는 맵시로 넘치고 있다. 시의 참다운 모티프는 결코 그렇게 흔하게 나뒹굴고 있지 않다. 요컨대 문제는 수동적으로 밖에 찾아와주지 않는 모티프를 어떻게 능동적으로 전환시키느냐 하는 데 참뜻이 있다. 그런 경우 이를테면 "이름이 인물을 못 따라가는 섬도 숱한데/ 인물도 함자도 수수하게/ 바다가 배설한 세월처럼/ 정왕동 귀퉁이에 거시기처럼 붙어 있다"라는 표현은 심플(simple)하면서도 매우 좋다. 여기서 말하는 심플이란 단순하고 투명하며 직선적인 감정이다. 단순이란 간단하다는 것과 의미가 전혀 다르다. 단순도 순수한 것에 결정(結晶)되는 과정 속에 내포되어 있는 것이다.

이제 리형 시인은 현대를 살아가는 시인들 앞에서 특히 젊은이들의 내적 욕구를 거짓 없는 시로써 그 존재 감각들을 탁월하게 형상화하는 데 성공하고 있다고 거듭 밝혀 두련다. 이 걸작 시편에서 필자가 굳이 한 가지 지적하자면 '처럼'(제5행)이라는 비유상의 '직유(直喩)'가 눈에 거슬린다. 필자는 이 경우 '세월처럼' 대신에 '처럼'의 도마뱀 꼬리는 단호하게 잘라 버리고 그냥 '세월'만으로 끊어놓았다면 더욱 산뜻한 이미지 처리가 되지 않았나 싶다. 더구나 다시 '거시기처럼'(제6행)에서도 '거시기로' 했다면 더 심도 있는 이미지 처리가 훌륭하게 되지 않았겠나 여겨보련다. 시인 리형은 어떠신지? 그 밖에도 이번 시집 여러 곳에서 직유 표현이 눈에 띄고 있기에 말이다.

홍윤기가 주장하는 '시작법'에서는 직유법(直喩法) 동원을 하지 말자는 것. '~처럼' 외에도 '~ 같은', '~인 양' 등등 산문 표현적인 비유 시어 구사는 되도록 극복하려는 일이다. 실은 이 사람의 초기 시섭에서도 역시 직유법(直喩法)이 나타나 있었기에 자신의 시편들을 찬찬히 거듭 읽으며 자성(自省)하고 있다. 똑같은 맥락에서 다음 〈이팝나무〉의 불가적(佛家的) 메타포의

시언어들이 뛰어나게 리리컬하게 세련화되어 있다는
견지만을 여기 밝혀두며 독자들의 정독을 거듭 권유
해 두련다.

>어린 봄의 연두 물결이
>곰실곰실 절집을 에워싸고
>대웅전으로 기어오르며 멈칫거리는데
>그중에서도 다소곳이
>무명 흰 향기를
>산길에
>산자락에 깔아놓는다
>
>수없이 밀어닥친 비바람을
>맨몸으로 다스린 행자(行者)들
>공복의 그 낮과 밤을 위로하며
>수북이 고봉밥을 바치는 나무
>그렁그렁 고인 저 눈물방울들로
>너무 기름때 번지는 이 세월을
>닦아낼 수는 없는가

– 〈이팝나무〉 전문

>이 땅 지킴이
>용틀임하는 천년의 숨결
>아직도 하늘을 오른다

스스로의 가는 길에

가슴팍을 내어주고

풀씨들에게 하늘 오르는

길을 또한 내준 그대

유년의 교문을 나서서

산등성이를 몇 번 넘었던가

청수로 나가던 (무거니) 고갯길

쌀자루를 메고

적막하고도 고단하던 배움을 익히며

세상으로 나아가던 시간들

나를 굽어보며

천년을 뻗어온 맥박소리를 보낸다

나의 젖은 땀을 씻어 내리는

그 푸른 눈빛 아래

나는 서 있다

– 〈은행나무〉 전문

　거짓 없는 생의 진실 추구라는 것이 자칫하면 관념에 빠져서 허우적이다 말기 십상이다. 그것을 극복하는 삶의 진실 추구리는 전허 과장됨이 없는 소박한 아포리즘의 작업은 동시에 수많은 독자에게 공명된다. 시인 리형은 독자로 하여금 종래의 시작법이나 시언어로써는 도저히 설득시킬 수 없는 새로운 시편으로

서 우리에게 뿌듯한 충족감을 가슴 가득 안겨 주고 있다. 시는 결코 거창한 외침이거나 대중 전달의 어드버타이스먼트(광고매체)가 아니다. 리형 시인과 같은 진솔하면서도 유닉하고도 함축된 의미를 새타이어로써 과장 없이 내포하는 시어 구사야말로 결코 늘어지고 막연한 언어의 유희가 될 수 없다. "청주로 나가던(무거니) 고갯길/ 쌀자루를 메고/ 적막하고도 고단하던 배움을 익히며/ 세상으로 나아가던 시간들"과 청안의 은행나무는 모든 것을 다 목격해 온 오늘의 역사의 증인이다. 그러기에 이 시는 공감도 큰 새로운 시작법의 제시다.

나는 대학강단에서 학생들에게 항상 "시는 이미지가 강한 언어로서 새로운 콘텐츠만을 다룰 것"을 강조하여 오고 있다. 또한 시어는 율동적인 리드미컬한 처리로써만이 언어 구성에 있어서 포괄적인 에너지를 발산시켜 독자에게 동시에 활력과 만족감인 기쁨을 베풀어주는 시너지가 있다"고 강조한다. 그것은 너무도 늠름하고 믿음직스러운 자세이며 나만이 쓸 수 있는 참으로 독창적인 시세계를 온 세상에 당당하게 보여주는 일이다. 그러기에 이 작품도 두 말할 나위없는 가편이다.

이 울울창창한 숲을

오르는 자는 본다
역사는
한 자리에 머물지 않는다는 것
통한의 눈물로 키운
소나무들 하늘을 들어 올리고
성벽 아래로
쑥쑥 키가 자란 빌딩들
산성을 돌아
내려가는 자는 본다
그 누구도 영원히 이길 수도
또 영원히 지는 것도 아님을

다만 이 순간 살아 있고
이 길을 걷고
하찮은 생각을 하는 것
살아있음으로
더 없이 소중하다는 것

– 〈남한산성에서 · 1〉 전문

고뇌 속에서 마침내 새로운 시가 탄생한다. 고뇌는 철학가에게는 삶의 새로운 방법을 탐구해내는 과정이지만 시인에게 고뇌는 삶의 아픔을 극복하려는 새로운 이미지 창조의 소박한 삶의 축제(祝祭)다. 얼마나 더 많이 고뇌하느냐가 그 시인의 생명을 그 만큼 오래도

록 빛내줄 것이다. 독일의 문호 괴테(Johann Wolfgang von Goethe, 1749~1832)는 주장했다. "고뇌 없는 인간은 동물이며, 고뇌하는 시인은 만인을 낙원으로 이끄는 천사다"라고. 미완의 인간은 끊임없이 '완성'을 추구하며 최선의 노력을 경주하여야 할 뿐이다. 시인은 '완성'을 지향하며 끝까지 고뇌해야 한다. 이 과정에서 시가 새로이 탄생한다. 시가 새로워야 한다는 것은 시가 살아있다고 하는 생명적인 명제(命題)이며 그것을 제대로 구상화시킴으로써 명시는 탄생한다.

역사의 고뇌 속에서 시 〈남한산성에서 · 1〉이 탄생했다. 나는 "역사는 어제를 있는 그대로 쓰는 것이 아니고 오늘 새롭게 써야 한다"고 강조해 왔는데, 리형 시인은 오프닝 메시지로써 단호하게 "이 울울창창한 숲을/ 오르는 자는 본다"라고 미래를 창조적으로 투시하는 비스타스(vistas)의 시작법을 과감하게 제시하고 있다. 그런 견지에서 우리는 신선하고 진취적인 이미지의 시세계를 부각시켜 희망찬 한국현대시의 미래상을 눈부시게 제시하고 있는 오늘의 시인 리형을 새롭게 평가하지 않을 수 없다. 참다운 의미가 담겨진 시언어의 구사 능력은 두 말할 나위 없이 그 시인의 탁월한 상상력과 동시에 잠재된 내실(內實)의 자질을 확연하게 입증해 주기 마련이다. 그와 같은 배경에는 오랜 시간을 두고 시인이 끊임없이 노력한 피나는 시문학 수업

의 발자취가 이어져 마침내 오늘의 성과를 빛내고 있
다 하겠다.

　　노을의 언덕을 넘어
　　어둠을 열고 들어간다

　　나는 어디에 와 있는가
　　더듬거리며 주변을 더듬지만
　　형체가 없는
　　빛을 등진 원시림

　　존재하는 것들은
　　오로지 소리로 남아
　　소리로 교신한다
　　누가 나를 듣는가

　　잠적한 세상을 찾아
　　부르는 어둠의 소리
　　빛의 손이 쌓아둔 세상의 골목마다
　　눌려 있던 침묵하던 소리들이 깨어
　　들끓기 시작한다
　　빛의 막을 찢고 나온 존재
　　소리로 세상을 증언한다

– 〈어둠의 소리〉 전문

〈어둠의 소리〉는 결론적으로 진선미의 새로운 노래 작업이다. 오늘의 우리 한국 시인들에게는 새로운 상상력이 담긴 충실한 의미를 포괄하는 시의 표현이 절실하게 요청되고 있다. 그것은 동시에 우리의 현실 과제가 아니겠는가. 좀 더 구체적으로 지적하자면 지금까지 남이 쓴 일이 없는 새로이 창작된 감동적인 훌륭한 시를 잔뜩 써야만 한다는 뜻이다. 이를테면 시인의 작품 발표에 뒤따르는 것은 '책무' 인데, 남이 모를 어려운 낱말들을 써놓고도 모르는 체하고 있는 시인도 더러 있는가 하면 시인 스스로 써놓고도 무엇을 썼다는 것인지 자기 스스로도 모르는 언어 유희가 난무하는 것이 오늘의 허다한 실정이다. "빛의 손이 쌓아둔 세상의 골목마다/ 눌려 있던 침묵하던 소리들이 깨어/ 들끓기 시작한다/ 빛의 막을 찢고 나온 존재/ 소리로 세상을 증언한다"고 하는 시인 리형의 시 〈어둠의 소리〉의 결어(結語). 그것은 어쩌면 우리가 보다 폭넓게 독자를 수용하는 일이 시집을 간행하는 일에 앞서 중요한 일이라는 사실을 리형 시인은 모두에게 혁신적으로 일깨워주고 있다.

기쁘다. 시인이 시를 창작하려는 근본적인 목적은 바로 참다운 시어 구사를 통한 진선미의 형상화에 있기 때문이다. 시의 큰 통로로서의 비스타스의 철두철미한 투시 속에 진선미의 의미를 천착하는 시작업이

으뜸이다. 이것이야말로 많은 독자에게 위안과 기쁨과 감동을 베풀게 된다고 밝히련다. 진선미에서의 '진'은 서로간에 거짓이 없는 사고와 존재의 합치, 곧 진리의 시어, 즉 지금까지 볼 수 없었던 참다운 삶의 새로운 노래의 구축이다. 거기에 수반되는 것은 두 말할 나위 없는 순수하고 선량한 '선'과 그것이 빚어내는 '미'의 아름다움이다. 시의 궁극적 목적은 바로 그와 같은 진선미 추구의 노래 작업이다. 시가 인간의 삶의 방법을 찾고 있는 철학이거나, 또는 사회 집단의 공평하고 합리적인 존재 방법을 이루겠다는 이른바 정치와 다른 문학예술이라는 의미가 여기 있다. 거듭 지적하자면 시는 진선미가 이루어내는 참답고 아름다운 노래이다. 그러기에 전체적으로 리형 시집은 값진 진선미의 노래로서 평가하게 되는 것이다.

앞으로 더욱 새롭고 과감한 시적 발상과 열성적인 시어 탁마를 이어 간다면 리형 시인은 한국 현대시단의 더욱 뛰어난 순수 서정의 시세계 형성 속에 한국 시단을 끝내 압도할 것을 확신한다. 아울러 "눌려 있던 침묵하던 소리들이 깨어/ 들끓기 시작한다"로써 거듭 확언해 두련다.

리형 시집

빛이 쌓이는 포구

•

지은이 / 리　형
펴낸이 / 김재엽
펴낸곳 / **한누리미디어**
디자인 / 지선숙

•

121-840, 서울시 마포구 잔다리로 35 서원빌딩 2층
전화 / (02)379-4514, 379-4519
Fax / (02)379-4516
E-mail/hannury2003@hanmail.net

•

신고번호 / 제300-2006-61호
등록일 / 1993. 11. 4

•

초판발행일 / 2012년 10월 25일

•

ⓒ 2012 리형 Printed in KOREA

•

값 8,000원

•

※잘못된 책은 바꿔드립니다.

ISBN 978-89-7969-433-8　03810